NOTICE

SUR

LA NOUVELLE ÉDITION

DES

OEUVRES COMPLÈTES

DE M. PALISSOT,

publiée en 6 vol. *in*-8°, avec le portrait de l'auteur, le 15 avril 1809, chez LÉOPOLD COLLIN, libraire à Paris, rue Gît-le-Cœur, n° 4.

NOTICE

SUR

LA NOUVELLE ÉDITION

DES

ŒUVRES COMPLÈTES

DE M. PALISSOT (1).

AVANT d'examiner avec quelque détail et dans ses diverses parties cette nouvelle édition des Œuvres de M. Palissot, j'esquisserai rapidement la physionomie morale et littéraire de cet auteur célèbre, devenu le plus ancien de nos écrivains actuels : il est entré, le 3 janvier dernier (1809), dans sa quatre-vingtième année.

Le plus grand nombre de ses ouvrages appartient à la seconde moitié du 18e siècle ; alors et pendant ce période, la littérature, plus forte de moyens sans doute, mais moins ferme peut-être sur les principes que celle d'aujourd'hui, dégénéroit visiblement de sa splendeur première ; elle étoit infectée de dangereuses hérésies ;

---

(1) Cette Notice, sauf quelques légères corrections, est littéralement extraite des numéros du *Courrier de l'Europe et des Spectacles*, des 18, 25, 30 mai et 18 juin 1809.

après avoir ébranlé la plupart des anciennes doctrines, elle s'épuisoit en vains efforts pour s'ouvrir une route différente de celle qui avoit été tracée et suivie par les modèles du siècle précédent. Le temps des nouveaux systêmes est celui des violens débats. Jeté, bien jeune encore, au milieu des factions qui, soit sous le rapport du goût, soit sous le rapport plus essentiel de la morale, désoloient l'empire des lettres, M. Palissot évita, pendant le cours de soixante années, d'arborer la bannière d'aucun parti; il fit mieux, il osa (ses ouvrages en font foi) les combattre tous avec les armes de la raison, jointes à celles de la plus fine plaisanterie. Sa devise fut :

Iliacos intra muros peccatur et extra.

S'il attaqua corps à corps, s'il immola même sur la scène française les charlatans de philosophie, il n'épargna pas davantage les charlatans de religion, dans les rangs desquels il ne tenoit qu'à lui de recruter des auxiliaires puissans. Les premiers comme les derniers ont été percés de ses traits (1). Il est maintenant bien reconnu qu'ils ne méritoient pas plus de grace les uns que les autres.

---

(1) Quant aux *derniers*, voyez, entr'autres passages où M. Palissot leur a imprimé une flétrissure ineffaçable, tout l'alinéa qui termine la page 327 du tome 4 de la nouvelle édition de ses Œuvres; voyez aussi sa *Dunciade* où il a attaché aux fourches patibulaires du Parnasse deux des plus furieux ennemis de la saine philosophie, et principalement cet hypocrite et stupide saltimbanque qui, de nos jours, s'est constitué le mercenaire détracteur des chefs-d'œuvre tragiques de Voltaire qu'il a fait oublier, comme chacun sait.

M. Palissot a débuté dans la carrière, lorsque l'auteur de *la Henriade*, couronné de tous les lauriers du Parnasse, étoit à l'apogée de sa gloire. Plein de mépris pour cette secte vile qui n'a cessé de harceler Voltaire vivant, avec autant d'acharnement que de mauvaise foi, et qui semble avoir légué à de plats successeurs, comme un inépuisable patrimoine, le soin honteux de déchirer scandaleusement la mémoire de ce grand homme, M. Palissot lui a toujours (1) solennellement rendu le tribut d'admiration que réclament ses prodigieux talens et ses immortels ouvrages; mais on ne l'aperçut jamais parmi cette foule d'adulateurs qui, prosternés en quelque sorte aux pieds de l'Apollon de Ferney, l'enivroient d'un encens grossier, et le fatiguoient de leur culte, pour ainsi dire asiatique. Ennemi des excès de tous les genres, M. Palissot le reconnut pour le chef, non pour le dictateur de la république des lettres. Il eut le courage, comme il le dit plaisamment lui-même, *de battre sa livrée*; il eut le courage plus rare encore de signaler par des vérités sévères, mais toujours décemment énoncées, les taches qu'il voyoit dans ce colosse littéraire du 18e siècle; et ce qui fait autant d'honneur à Voltaire qu'à M. Palissot, c'est que la franchise du dernier, ainsi que le prouve leur correspondance mutuelle, en refroidissant l'amitié de Voltaire, ne fit en quelque sorte qu'affermir son estime. Ce dédain de M. Palissot pour toutes les factions contemporaines, ce soin constant de marcher dans une route indépendante, prouvent certainement, abstraction faite des autres mérites, un jugement sain, un caractère ferme, une ame forte.

---

(1) Malgré quelques injustices de Voltaire envers lui.

Si je fais succéder à cet aperçu moral, un aperçu purement littéraire, on demeurera convaincu que M. Palissot est un des écrivains de son tems qui a suivi avec le plus de respect, conservé avec le plus de scrupule les traditions des génies sublimes du siècle de Louis XIV, et qui a reproduit avec le moins d'alliage, leur pureté, leur correction, et le ton mâle et sévère de leurs compositions. A une époque où la scène française étoit en proie au genre bâtard du drame et au jargon plus froid encore d'une métaphysique entortillée, la comédie de M. Palissot s'est souvent élevée à la hauteur de celle de Molière; sa satyre et sa littérature ont été celles de Boileau; ses écrits polémiques ont rappelé ceux de Pascal. S'il est resté au-dessous de ces admirables modèles qu'il est si difficile, qu'il est peut-être même impossible d'atteindre, il est incontestablement un de leurs plus illustres disciples. Enfin peu d'auteurs ont réuni, comme lui, le double avantage d'obtenir des succès éclatans dans la prose et dans la poésie; il ne partage du moins avec aucun la gloire singulière d'être à la fois poète comique profond, poète satirique plaisant et fin, littérateur dont presque tous les avis sont des arrêts, historien fleuri, et vigoureux écrivain polémique.

Du faisceau de ces titres aussi nombreux qu'honorables, se compose la nouvelle édition des Œuvres de M. Palissot (1). Je vais la passer en revue; et d'abord je dois dire qu'elle offre des corrections très-heureuses et des additions considérables, principalement dans les

---

(1) C'est la cinquième qu'il ait donnée depuis 1762.

Mémoires sur la Littérature ; qu'elle contient sur Voltaire un volume entièrement nouveau qui manque aux anciennes éditions, et qu'enfin les matières y sont classées dans un ordre bien préférable à celui que M. Palissot avoit précédemment adopté. Elle commence par des Mémoires sur sa vie ; quoique récemment écrits, on y retrouve toute la fraîcheur et tout l'agrément du style de l'auteur dans ses belles années. De plus, ces Mémoires intéressans sont un modèle de la manière dont un homme de lettres doit parler de lui, quand il veut en entretenir le public. M. Palissot connoît les convenances ; aussi n'a-t-il point suivi l'exemple ridicule de ces écrivains qui se croyent assez importans pour écrire leur histoire en trois ou quatre volumes, tandis que les vies d'Alexandre et de César, comme il l'observe très-judicieusement, occupent à peine deux cents pages dans Plutarque (1). Les Mémoires de M. Palissot sur sa vie, loin d'avoir plusieurs volumes, n'en ont pas même un ; ils se réduisent à dix-neuf pages ; on ne lui reprochera pas de nous avoir trop occupés de lui. Cette brièveté sera peut-être même blâmée avec quelque raison par ceux qui attendoient de M. Palissot des détails un peu plus étendus sur les événemens littéraires du dernier siècle, dont il est si bien instruit, puisqu'il y a joué un si grand rôle, et dont

---

(1) « Avez-vous lu, disoit Voltaire, dans une lettre qu'il » écrivoit le 6 juin 1752, à Mad. Denis, sa nièce, le sixième » tome des Mémoires de l'abbé de Mongon ? Six tomes de » l'histoire d'un abbé, et nous n'avons qu'un volume de » l'histoire d'Alexandre » !

il peut dire, comme Enée le disoit des malheurs de sa Patrie : *Et quorum pars magna fui.*

Après les Mémoires de M. Palissot, sur sa vie, je trouve son Théâtre qui consiste en une tragédie et en sept comédies. *Ninus second*, représenté il y a cinquante-huit ans, sous le titre de *Zarès*, est un essai de l'extrême jeunesse de l'auteur, auquel il déclare lui-même qu'il n'attache pas beaucoup d'importance. Lorsqu'on est opulent, il est naturel de négliger quelques parties de sa fortune ; cependant il n'en est pas moins vrai que cette tragédie, remarquable par la pureté du style et la facilité de la versification, étoit un heureux début en 1751, et en seroit un très-brillant dans la disette de nos jours.

Je n'entrerai dans aucun détail sur les comédies intitulées : *le Barbier de Bagdad* et *le Cercle*. L'auteur, plus rigoureux que la critique, qualifie la première de bagatelle. La seconde est un divertissement exécuté en 1755, sur le théâtre de Nancy, le jour de l'inauguration de la statue de Louis XV. J'observerai pourtant que *le Barbier de Bagdad*, dont le sujet est tiré des *Mille et une Nuits*, est dialogué avec la plus franche gaîté ; que la petite comédie épisodique du *Cercle* est pleine d'excellentes peintures de mœurs, et contient aussi le premier acte d'hostilité commis par M. Palissot, contre le charlatanisme philosophique du 18e siècle. On sait de combien de chagrins et même de persécutions cet acte d'hostilité a été la source pour M. Palissot ; il en fait le récit avec autant de vérité que de noblesse.

Mon examen, quant au Théâtre, se réduira donc aux cinq autres comédies de M. Palissot. *Les Tuteurs*, en trois actes et en vers, représentés en 1754, avec beaucoup de succès, et repris plusieurs fois depuis cette époque, sont le premier de ses véritables titres dramatiques. Si les caractères des trois Tuteurs appartiennent à une nature peut-être idéale, ou du moins trop chargée, il faut convenir que la gaîté, les saillies, la fermeté et la verve du dialogue de cette comédie, annonçoient un successeur de Regnard, qui le surpasseroit même dans la partie du style. Mais ce qui dut frapper les connoisseurs, augmenter leurs espérances, et leur faire dès-lors apercevoir que le jeune homme ne tarderoit pas à prendre un vol plus élevé, et à ressusciter le genre de Molière, ce fut le discours préliminaire qui précède cette comédie. La dissertation qu'il renferme est sans contredit une des meilleures théories dramatiques que je connoisse. Finesse, netteté, justesse, profondeur, rien n'y manque. Quand on songe que c'étoit à vingt-quatre ans que M. Palissot nous enrichissoit de ces excellentes réflexions sur l'art difficile qu'il venoit d'embrasser, on est étonné d'une maturité de jugement aussi précoce. Les principes développés dans ce discours ne se réduisirent pas à une stérile théorie : l'auteur les mit lui-même en pratique dans ses ouvrages subséquens, notamment dans sa fameuse comédie des *Philosophes*.

Cette comédie est sans contredit son chef-d'œuvre dramatique. On n'a pas oublié la sensation extraordinaire qu'elle produisit en 1760, et le succès prodigieux qu'elle obtint à la lecture, après celui presque sans exemple qu'elle avoit obtenu au théâtre. Je ne m'appesantirai point sur la pureté, sur la vigueur de sa diction ; c'est un mérite que ne lui contestoient pas même les plus implacables ennemis de son auteur dans le tems des plus violentes explosions de leur haine (1) ; mais ce que je ne puis trop faire remarquer, c'est que cette comédie dont Molière n'auroit désavoué ni la conception, ni l'exécution, annonçoit dans M. Palissot un courage, une énergie, et sur-tout une perspicacité dont je ne vois d'exemple dans aucune production dramatique de la même époque. Aujourd'hui qu'à nos dépens nous sommes éclairés par le flambeau de l'expérience qui manquoit à la génération précédente, lisons cet ouvrage, et convenons que personne n'a, mieux que M. Palissot, apprécié les modernes charlatans de philosophie, mieux que lui dévoilé, mieux que lui prophétisé les tristes conséquences de leurs fausses doctrines. Il m'est aisé de le prouver par quelques citations : je les prends dans le 2e acte, scène 5e, entre Damis et Cidalise.

DAMIS.

Je ne sais, mais enfin dussé-je vous déplaire,
Ce mot d'*humanité* ne m'en impose guère ;
Et par tant de fripons je l'entends répéter,
Que je les crois d'accord pour le faire adopter.
Ils ont quelqu'intérêt à le mettre à la mode.
C'est un voile à la fois honorable et commode,
Qui de leurs sentimens masque la nullité,
Et prête un beau dehors à leur aridité.
J'ai peu vu de ces gens qui le prônent sans cesse,

(1) Favart, l'un de ceux qui s'élevèrent contre la pièce, disoit cependant : « C'est la touche de Molière jointe au » coloris de Gresset ». Voyez ses *Mémoires* publiés chez Léopold Collin.

Pour les infortunés avoir plus de tendresse,
Se montrer, au besoin, des amis plus fervens,
Être plus généreux ou plus compatissans,
Attacher aux bienfaits un peu moins d'importance,
Pour les défauts d'autrui marquer plus d'indulgence,
Consoler le mérite, en chercher les moyens,
Devenir en un mot de meilleurs citoyens;
Et, pour en parler vrai, ma foi, je les soupçonne
D'aimer le genre humain, mais pour n'aimer personne.

CIDALISE.

Vous en voulez beaucoup à cette humanité.

DAMIS.

On en abuse trop, et j'en suis révolté.
C'est pour le cœur de l'homme un sentiment trop vaste;
Et j'ai vu quelquefois, par un plaisant contraste,
De ce mot si vanté les plus chauds partisans,
Chérir tout l'univers, excepté leurs enfans.

Outre la précision et la plénitude nerveuse de la diction, ces vers renferment le portrait le plus fidèle et le mieux frappé de la plupart des singes de philosophie du 18e siècle. D'un autre côté, M. Palissot ne voyoit-il pas en perspective, et plus de 30 ans d'avance, nos égaremens révolutionnaires, quand il écrivoit les vers réellement prophétiques qu'on vient de lire, et ceux-ci que je trouve dans la même scène où Damis, en parlant des cabales et de l'intolérance des sophistes, dit encore à Cidalise?

Ces abus, (pardonnez à mes pressentimens)
A la honte des mœurs tolérés trop long-tems,
Semblent nous présager d'étranges catastrophes,
Et, franchement, j'ai peur de tant de philosophes.

L'ouvrage entier est écrit de ce style, et pensé avec cette profondeur. Je le demande ; n'est-ce pas là la comédie de l'auteur du *Tartuffe* et du *Misantrope?*

Le dénouement des *Philosophes* est provoqué par Crispin qui s'introduit dans la maison de Cidalise, en qualité de philosophe *marchant à quatre pattes.* Ce Crispin qui (suivant Théophraste, l'un des sophistes de la pièce),

> .... Plein de son système et bravant la critique,
> Sait à la théorie allier la pratique,

enchérit sur son ridicule prôneur, et ajoute :

> Je me suis interdit de consulter les modes ;
> J'ai cru que les habits devaient être commodes,
> Et rien de plus. *Encor dans un climat bien chaud....*

Je suis persuadé qu'en 1760, cet *encor dans un climat bien chaud*, fut regardé comme une charge de valet fort exagérée ; on ne s'attendoit guère alors que de conséquence en conséquence, le délire en viendroit au point qu'à 34 ans de là (en 1794), un représentant du peuple français oseroit prêcher *nu, la nudité absolue*, dans une société populaire du midi, à la séance de laquelle il forceroit toutes les dames et toutes les demoiselles de la ville d'assister (1).

On a reproché à la pièce des *Philosophes* la simplicité un peu nue de son intrigue. Il n'y a pas de sagacité dans une pareille critique ; c'est précisément le peu de complication de cette machine dramatique qui en fait le principal mérite, comme il fait celui du *Misan-*

---

(1) Voyez les journaux postérieurs au 9 thermidor an 2, où ce fait a été dénoncé, et appuyé de pièces officielles.

trope et des ***Femmes savantes***. Moins les ressorts d'un ouvrage sont multipliés, plus l'auteur, pour suppléer à leur foiblesse, est forcé de puiser de ressources dans son imagination ; moins il accorde à l'intérêt qui ne me paroît pas indispensablement nécessaire dans une comédie de caractère, plus il s'oblige à fixer l'attention par l'abondance et par la force des pensées, plus il lui faut aussi soigner la vigueur de leur expression ; conditions que M. Palissot a complètement remplies dans la comédie dont il s'agit. Il n'y a peut-être qu'une seule remarque à faire sur ce chef-d'œuvre, encore n'est-elle pas littérairement d'une grande importance, puisqu'elle ne frappe que sur son titre. Au lieu de l'intituler ***les Philosophes***, l'auteur n'auroit-il pas dû l'intituler ***les Faux philosophes***, ou bien ***les Sophistes*** ? Il eût en cela suivi l'exemple de Molière qui se garda bien, en attaquant les hypocrites, d'appeler sa pièce ***le Dévot***, mais qui la nomma ***Tartuffe*** ou ***l'Imposteur***. En évitant de se servir du titre de ***Philosophes***, en adoptant au contraire celui de ***Sophistes***, M. Palissot auroit, dès le frontispice de sa comédie, et sur l'affiche même du spectacle, établi entre les vrais et les faux philosophes, une distinction qui étoit certainement de droit, mais sur laquelle il lui a fallu insister plusieurs fois, en répondant aux libelles dont il fut alors assailli. Il se seroit enfin épargné la plupart des tribulations dont il a été si long-tems abreuvé par la secte des sophistes, appuyée des alarmes de quelques véritables sages, et dont la latitude du titre donné à sa pièce a été en partie, sinon le motif, du moins le prétexte. Or la prudence veut qu'en pareil cas on ne laisse pas même de prétexte à ses antagonistes.

Au reste, il est évident que sous le titre de *Philosophes*, M. Palissot n'a voulu jouer que les faux. Une foule de passages de sa comédie le prouve sans réplique; ces deux vers qui la terminent dans les anciennes éditions, ôtoient manifestement toute ressource à la mauvaise foi :

> Des sages de nos jours nous distinguons les traits :
> Nous démasquons *les faux* et respectons *les vrais*.

S'il entroit d'ailleurs dans mon plan de laver M. Palissot de l'imputation qu'on lui a si souvent et si injustement faite de haïr la saine philosophie, il me suffiroit d'en appeler à ses écrits, et de renvoyer ses calomniateurs aux articles Bayle, Fréron, Helvétius, Lamotte-Levayer, Montesquieu, Jean-Jacques Rousseau, Voltaire, etc. dans ses *Mémoires sur la Littérature*. Quand on lit ces articles, on est indigné contre ceux qui l'accusent d'être un ennemi de la vraie philosophie, ou, ce qui est la même chose, de ne pas aimer les idées libérales que tous ceux qui pensent, se font aujourd'hui, comme autrefois, un honneur et un devoir de professer et de propager.

La comédie des *Courtisanes* offre la même fermeté de pinceau, le même nerf de style que celle des *Philosophes*; mais soit que ce sujet des *Courtisanes*, très-digne pourtant de la scène comique, et dont l'idée seule est un trait de génie, ait moins d'importance à mes yeux que celui des *Philosophes*, soit qu'il ne fût pas facile à M. Palissot de se soutenir à la hauteur à laquelle il étoit parvenu, soit aussi qu'un chef-d'œuvre nous rende naturellement très-difficiles sur les autres productions de son auteur, j'avoue, tout en reconnoissant le mérite incontestable de la diction des *Courtisanes*, que cette comédie me semble bien inférieure à celle des *Philosophes*; mais l'ouvrage où je retrouve en entier le génie de M. Palissot, c'est *le Satyrique* ou *l'Homme dangereux*. Cette pièce fut composée dans le plus profond secret. L'auteur en avoit peint le principal personnage avec les couleurs dont on osoit le peindre lui-même dans une multitude d'écrits diffamatoires. Il vouloit se procurer ainsi le plaisir ingénieux et piquant de se faire applaudir par ses ennemis les plus acharnés. Aux répétitions, un comédien crut reconnoître le style de M. Palissot, divulgua ses soupçons, et ceux-là mêmes qui se proposoient d'aller applaudir l'ouvrage avec fureur, eurent le crédit de le faire défendre: il ne fut représenté que long-tems après; quoique privé alors du mérite de l'à-propos, il n'en obtint pas moins la réussite complète dont il étoit digne. Pénétrer la ruse très-innocente de M. Palissot, n'étoit pas une chose difficile; sa touche le trahissoit. Quel homme tant soit peu exercé n'auroit pas reconnu l'auteur *des Philosophes* dans le style *du Satyrique*, notamment dans ces vers de la scène 5e du 2e acte, entre Dorante et Valère? Je les cite de préférence, parce que les événemens de la fin du dernier siècle en ont encore fait une véritable prophétie.

DORANTE.

Examinons un peu, malgré tous vos outrages,
Tout le bien qu'ont produit les véritables sages.
Dans quel tems a-t-on vu de plus rares talens?

Quand les arts ont-ils fait des progrès plus brillans ?
Tout est mieux éclairci, commerce, agriculture,
Finance, politique.....

VALÈRE, *se pressant de l'interrompre.*

Et c'est là, je vous jure,
C'est là ce qui sur-tout produit un très-grand mal.
Pour l'État et pour nous je crains l'abus fatal
De raisonner ainsi sur toutes les matières ;
Tant d'avis partagés donnent peu de lumières ;
Et je ris, quand je vois tant de nouveaux Solons
De l'art de gouverner nous donner des leçons.
Peut-être il fut un tems où cette maladie
Eût fourni le sujet de quelque comédie :
Au fond, il n'en est pas qui me parût meilleur,
Et je l'appellerois *Crispin législateur.*

La dernière Comédie de M. Palissot dont il me reste à parler, est *Clerval et Cléon,* ou *les Nouveaux Ménechmes*, en cinq actes et en vers de dix syllabes. C'est le sujet de Plaute et de Regnard traité de nouveau, mais avec un changement notable. Les deux Ménechmes ne se trouvent jamais ensemble sur la scène dans la pièce de M. Palissot, de sorte qu'un seul acteur peut jouer les deux rôles ; heureuse idée dont on a profité depuis, et qui ajoute beaucoup à la vraisemblance théatrale. On croiroit qu'en traçant cette comédie, l'auteur a eu pour principal objet de répondre à l'injuste objection qu'on lui avoit faite de ne pas savoir mettre assez d'imagination, c'est-à-dire assez de ressorts dans ses intrigues dramatiques. Dans ce cas il a réfuté le reproche de la manière la plus victorieuse ; il a en effet prouvé par ses *Nouveaux Ménechmes*, que quand ces ressorts étoient nécessaires, il pouvoit, comme les maîtres de l'art, les inventer et les employer. L'intrigue de cette comédie, intrigue qui exigeoit beaucoup de dextérité, précisément à cause de l'innovation par laquelle l'auteur perfectionnoit un sujet très-connu, est conduite avec une netteté qui étonne. A l'égard de la diction, elle ressemble à celle des autres ouvrages de M. Palissot, c'est-à-dire qu'elle est pure, ferme, et pleine de ces vers qui, proverbes en naissant, se placent d'eux-mêmes dans la mémoire, pour n'en plus sortir; témoin ceux-ci que j'extrais du rôle de Dorimon, frondeur plein de sens et de vigueur, et que je n'ai jamais oubliés depuis la première lecture que j'en fis, bien jeune encore, il y a plus de 25 ans.

Je n'aime pas toutes ces tragédies,
Du mauvais goût dolentes rapsodies.
On en fait trop : c'est un genre épuisé
Depuis long-tems ; le moule en est brisé.
De tant d'auteurs la stérile abondance
M'afflige aussi pour l'honneur de la France
Paris est plein de ces petits talens,
Dont le cothurne écrase le bon sens.
Phèdre, *Cinna*, *Rhadamiste*, *Zaïre*,
Trésors de l'art qui devroient nous suffire,
Et qui devroient à tout petit rimeur,
De son néant montrer la profondeur,
Défigurés, travestis, mis en pièces,
Sont en détail mutilés dans leurs pièces.

N'en déplaise à la Melpomène actuelle, ces vers sont encore plus vrais aujourd'hui qu'ils ne l'étoient, quand ils furent entendus pour la première fois sur la scène française, il y a 47 ans; mais si le moule tragique est depuis long-tems brisé, le moule comique où se jetoient des vers tels que ceux que je viens de transcrire, est également perdu. Je crains bien qu'on n'ait pas de sitôt le génie de recréer l'un, ni le bonheur de retrouver l'autre.

J'ai rendu à M. Palissot la justice qui lui est due comme poète comique. Je vais maintenant parler de lui comme poète satirique.

La satire de M. Palissot a été purement littéraire (1). Sous une plume médiocre, cette sorte de satire est sans doute le plus éphémère de tous les genres; mais lorsque le talent sait l'assaisonner du sel et la fortifier de la raison qui abondent dans le poème de *la Dunciade*, dont vingt éditions au moins, outre les contrefaçons, ont été épuisées depuis 40 ans, elle sort alors de la classe des productions polémiques, espèce de vaudevilles qui n'ont d'attrait que pour les contemporains, et elle obtient l'honneur de survivre long-tems aux circonstances qui l'ont fait naître.

---

(1) Excepté cependant, lorsque, dans *la Dunciade*, il se moque *de la laideur et de la difformité* de l'astronome Lalande; défauts purement physiques qui ne sont pas du ressort de la satire, puisqu'elle ne peut pas les corriger; excepté encore lorsque, dans le même poème, l'auteur peint les excès commis sous le règne de la terreur, excès dont les auteurs n'ont rien de commun avec les oisons du Parnasse. Quel rapport y a-t-il en effet entre la frénésie des premiers et les mauvais vers d'Arnaud-Baculard ou de du Rozoy, la prose insipide d'Aliboron-Fréron *aux ailes à l'envers*, ou les plats feuilletons du sieur Julien-Louis Geoffroy, noble fils d'Alecto et de Cerbère, suivant sa généalogie authentique, découverte et mise en lumière par M. Palissot?

Quelques gens affectent la répugnance pour la satire personnelle, lors même qu'elle ne s'adresse qu'aux écrits. Je crois leurs scrupules intéressés, ou du moins trop pusillanimes. Les bons esprits l'ont toujours regardée comme très-permise et très-innocente, quand elle est judicieuse, et respecte l'homme, en ridiculisant l'écrivain. Il y a plus ; j'ose la croire nécessaire. Le Pinde est un État républicain qui tend constamment à l'anarchie, et dont la police ne peut être établie sur un pied trop sévère. C'est par les satires de Boileau que, dans le 17e siècle, le bon goût a triomphé du mauvais; c'est aussi aux efforts constans de la saine critique qui combat les doctrines erronées, et aux sarcasmes malins de la satire qui flétrit les auteurs de ces doctrines, que nous devons l'avantage de conserver intacts et purs les principes littéraires qui nous ont été transmis par nos ancêtres ; en un mot, c'est en nous servant de ce double moyen, que nous transmettrons nous-mêmes, sans altération, à nos descendans, ce précieux dépôt qui fera l'éternel honneur de la France.

Sous le point de vue de son exacte et totale justice distributive, il n'est pas aisé, même aujourd'hui, de prononcer sur le poëme de *la Dunciade ;* les plaies profondes qu'il a faites à l'amour-propre d'une foule d'auteurs dont plusieurs vivent encore, ne sont pas suffisamment cicatrisées. Ce qu'il est néanmoins essentiel de faire observer, c'est que la satire a son optique comme le théâtre ; c'est que, si le fond du tableau doit avoir de la vérité, ses traits, pour frapper les yeux, ont besoin d'être un peu exagérés; c'est qu'enfin il faut prendre des plaisanteries pour des plaisanteries, non pour des jugemens qui ne sont rigoureusement pas susceptibles de restriction ; et d'ailleurs, quand on voudroit considérer les gaîtés de *la Dunciade*, comme les jugemens absolus de M. Palissot sur les écrivains qu'il y a flagellés, on verroit encore qu'ils sont généralement conformes à ceux du public. En effet, excepté Marmontel qui n'est pas à beaucoup près un écrivain sans gloire, mais dont quelques paradoxes en matière de goût, et plusieurs hérésies sur Racine et principalement sur Boileau, méritoient pourtant d'être réprimés, il me semble que M. Palissot ne s'est heurté contre aucune réputation dont la solidité neutralise ou repousse l'atteinte de ses traits satiriques.

Toutefois je conviens qu'on voit avec peine Marmontel jouer le rôle de général *des Sots* dans *la Dunciade* ; c'est ainsi qu'on ne voit pas sans déplaisir Quinault figurer dans les Satires de Boileau. Certes, l'auteur de *Bélisaire*, ouvrage où il y a une foule de belles pages, et notamment un admirable chapitre qui, selon Voltaire, ce juge souverain en matière de style et de raison, *a été dicté par la vertu la plus pure, comme par l'éloquence la plus vraie, et que*, selon Voltaire encore, *tous les Princes doivent lire pour leur instruction et pour notre bonheur* (1) ; l'auteur *d'Élémens de littérature* que Laharpe, peu louangeur de son naturel, a cités avec de grands éloges, tome 9e de son *Cours*, et qui sont une théorie savante, profonde et classique, sauf quelques erreurs contre lesquelles il est

(1) Voyez dans Voltaire l'épître dédicatoire qui précède sa tragédie de don Pèdre.

d'autant plus facile de se prémunir, qu'elles sont à peu-près toutes relatives à Boileau, dont l'autorité est trop bien affermie pour qu'il soit possible de l'ébranler ; l'auteur des *Incas*, production que Laharpe, tome 14. du même *Cours*, a indiquée *comme un des monumens distingués de notre Littérature* ; l'auteur de *Contes moraux* dont la plupart sont de petits chefs-d'œuvre de diction et d'intérêt qu'on n'a point encore égalés, qui sont même demeurés le modèle du genre, et qui ont eu l'honneur de plus de cinquante éditions, et d'autant de contrefaçons, sans compter les traductions qui en ont été faites en plusieurs langues ; l'auteur de *Mémoires sur la Régence*, dont M. Palissot lui-même a dit que Marmontel *n'avoit rien fait de plus digne d'être lu* ; l'auteur enfin dont M. Palissot a encore dit (1) que, *si son goût étoit en général moins pur que celui de* Laharpe, *ses connoissances paroissoient beaucoup plus étendues, plus variées, supposoient des études plus approfondies, et qu'on pouvoit le lire avec plus de fruit* ; certes, dis-je, un tel auteur n'étoit ni *un sot*, ni même un homme vulgaire. A la vérité, quand il a été promu aux honneurs du généralat par M. Palissot, il avoit, étant jeune encore, manifesté beaucoup d'irrévérence envers Racine et Boileau (2) ; ridicule dont il

---

(1) Dans l'édition qu'il a donnée, en 1803, de ses *Mémoires sur la Littérature* : ce passage ne se trouve plus dans la nouvelle.

(2) Buffon avoit aussi le malheur de ne faire aucun cas des tragédies de Racine ; il lui arrivoit souvent d'en critiquer les plus belles scènes devant beaucoup de témoins, en homme qui n'y entendoit absolument rien. Laharpe, tome 8 de son *Cours*, atteste ce travers du Pline français. On peut

ne s'est même pas entièrement corrigé avec l'âge, surtout quant au second de ces deux poètes sublimes ; il avoit aussi donné des tragédies médiocres, tombées aujourd'hui dans l'oubli le plus profond : mais la postérité ne s'arrête ni aux mauvaises productions, ni aux ridicules d'un écrivain qui a fait de bons ouvrages ; c'est d'après ces derniers qu'elle le juge et lui assigne sa place. J'avoue que M. Palissot a rendu quelque justice à quelques-uns des excellens écrits publiés par Marmontel, depuis ses blasphêmes littéraires et ses tragédies. Mais cela suffisoit-il? et franchement n'auroit-il pas été approuvé de tout le monde, s'il eût retranché cet académicien de *la Dunciade*, ou si, craignant que cette suppression n'entraînât la refonte totale du poème, il eût du moins, dans cette circonstance, imité Boileau qu'il a si souvent pris pour modele? Personne n'ignore en effet que ce grand homme, après avoir mis Quinault dans ses satires, lorsque Quinault n'étoit encore que l'auteur du *Faux Tiberinus* et d'*Astrate*, n'a pas hésité ensuite, et a même regardé comme un devoir d'avouer que cet aimable poète *avoit fait depuis des ouvrages qui lui avoient acquis une juste réputation.*

D'ailleurs le silence vraiment noble que l'auteur de *Bélisaire* a constamment gardé sur les satires réitérées de M. Palissot contre lui (1) (impassibilité dont il est si

---

donc être organisé de manière à ne pas sentir les beautés des grands poètes, sans cesser d'être un homme supérieur.

(1) Il a cependant nommé une fois M. Palissot avec quelqu'humeur, mais dans des *Mémoires* qui n'ont été publiés qu'après sa mort, et qu'il ne paroissoit même pas avoir destinés à l'impression.

rare d'être capable, et qui n'annonce pas une ame commune), auroit peut-être dû désarmer l'auteur des *Philosophes*, et le déterminer, s'il lui falloit absolument un général pour commander les phalanges qui agissent dans son poëme, à décerner à un autre cette éminente dignité. Les candidats ne lui auroient pas manqué; il n'auroit eu que l'embarras du choix (1).

Au surplus, je ne balance pas à reconnoître que, sous le rapport de l'exécution, quoique le sel de M. Palissot ne soit quelquefois pas exempt d'une certaine âcreté, les muses françaises, depuis les *Satires* et *le Lutrin* de Boileau, n'ont rien produit en ce genre de plus

---

(1) Comme l'opinion de M. Palissot sur le rôle de Marmontel dans *la Dunciade*, diffère totalement de la mienne, l'impartialité veut que je rappelle ici un morceau où il semble avoir prévu mes objections. On jugera s'il les a détruites. J'extrais ce morceau de l'article Rivarol dans ses *Mémoires sur la Littérature*.

« Si Boileau rendit la satire utile, et mérita le nom de » *vengeur du goût*, ce ne fut pas en immolant quelques vic» times obscures, telles que Magnon, du Souhait, Corbin et » la Morlière, mais en attaquant Chapelain, qui avoit usurpé » une grande réputation, Scudéri qui avoit osé critiquer le » Cid, Pradon qui, soutenu par un Duc de Nevers et par » une cabale de courtisans, avoit éclipsé un moment un des » chefs-d'œuvre de Racine. Les sots, vraiment dangereux, » qui commandent la satire, et que, pour l'honneur des let» tres, il est important de ne pas ménager, sont ceux qui ont » *une apparence de talent, un peu d'esprit, et beaucoup de* » *manège*. Ce sont les noms de cette espèce d'écrivains qui » ont fait survivre *la Dunciade* aux rumeurs qu'elle excita » dans son origine ».

original que *la Dunciade*, rien où la verve satirique soit alliée à un goût plus exquis, relevée par une poésie plus pure et plus plaisante. Cet ouvrage où M. Palissot, à qui l'on contestoit les ressources de l'imagination, a pourtant su tirer d'un sujet bien stérile et bien frêle en apparence, une véritable épopée héroï-comique parfaitement intriguée, n'a nullement vieilli; il est encore aussi piquant aujourd'hui qu'il le fut au moment de son apparition. Déjà le tems a enveloppé d'une obscurité impénétrable la plupart des personnages qui figurent dans cette production singulière, et bien supérieure à *la Dunciade* anglaise qui en a donné l'idée; la plupart des autres ne tarderont pas à subir le même sort; cependant ce poème est resté, et il vivra. On le lira avec délices, comme on lit les satires de Boileau, quoiqu'on s'embarrasse fort peu de Cotin, de Chapelain, de Pelletier, et de tant d'autres qu'il a immolés à la risée publique; comme on lit *les Lettres Provinciales*, quoique depuis long-tems il n'existe plus de jésuites, ni, Dieu merci, de disputes sur la grace.

Si, en qualité de poète, M. Palissot s'est créé des titres qui lui assurent un rang très-élevé sur le Parnasse français, il n'en a pas acquis de moins solides en qualité de littérateur. Ce seroit faire un éloge incomplet de ses *Mémoires sur la Littérature*, et de son volume intitulé: *le Génie de Voltaire apprécié dans tous ses ouvrages*, que de se borner à louer la pureté et l'élégance du style de ces productions. Quelque satisfaisante que soit la forme, elle seroit insuffisante pour la gloire de l'auteur, si le fond lui-même n'étoit un modèle de sagacité, de justesse, et n'offroit, à quelques légères exceptions près (1), une entière et rare impartialité.

Les *Mémoires sur la Littérature* comprennent par ordre alphabétique la plupart des écrivains français, depuis François Ier jusqu'à nos jours. « J'avois pu dans » *la Dunciade*, dit M. Palissot, en m'égayant aux dépens » de quelques-uns de nos prétendus beaux esprits, me » donner toute la liberté que la poésie permet à l'imagination : j'ai dû prendre dans ces *Mémoires* un ton » plus sévère, motiver mes jugemens, soutenir enfin le » caractère d'impartialité qui leur a concilié depuis » plus de trente ans la faveur publique, non-seulement » en France, mais chez l'étranger. S'il m'est arrivé quelquefois de me servir de l'arme du ridicule, je ne l'ai » employée du moins qu'à l'égard de quelques écrivains » dont il est impossible de parler sérieusement, et pour » me conformer au vœu d'Horace qui en donne à la fois » le précepte et l'exemple ».

Si M. Palissot est assez modeste pour dire simplement que ses *Mémoires sur la Littérature* ont obtenu la faveur publique en France et chez l'étranger, je dois ajouter (ce qui est d'ailleurs notoire) que les jugemens très-variés qu'il y a consignés, sont devenus des autorités imposantes, de véritables arrêts dont on s'appuie sur l'Hélicon, comme on se prévaut au barreau des décisions des plus célèbres jurisconsultes. En effet, en lisant avec attention la longue série de notices intéressantes qui composent ce répertoire, le meilleur que nous ayons en ce

(1) L'article *Marmontel*, par exemple, me paroît susceptible de quelques modifications. Il m'est impossible de ratifier cet article dans son entier.

genre, on est surpris de la profondeur des discussions et de la justesse des résultats, et l'on finit, à peu-près toujours, par se ranger à l'avis de l'auteur. On remarque, à la vérité, quelques articles relatifs à des hommes contemporains, pour lesquels il me semble que la balance de M. Palissot n'est pas tout-à-fait celle de l'opinion publique. Mais ce qui fait honneur à son caractère, ce qui démontre que cet auteur, qu'on a accusé d'être excessivement caustique, est pourtant plus susceptible de céder aux mouvemens de l'indulgence, que de s'abandonner aux excès de la sévérité, c'est que dans la partie de cet ouvrage qui a rapport à des écrivains de nos jours, il y a souvent plus d'éloges à retrancher, que de critiques à modifier.

Dans la nouvelle édition des Œuvres de M. Palissot, ses *Mémoires sur la Littérature* renferment environ quarante notices qui ne sont pas dans ceux qu'il a publiés séparément en 1803. Ces nouveaux articles prouvent que sa plume octogénaire est encore aussi ferme qu'elle l'étoit il y a quarante années ; que son jugement n'a rien perdu de sa solidité, et que son style a conservé la même grace, la même précision, la même force. Ceux qui voudront se convaincre de la vérité de cette assertion, peuvent consulter les articles Anquetil, Berchoux, Clotilde de Surville, Dacier, Victorin Fabre (1), Ginguené, Massil-

(1) M. Victorin Fabre est l'une des plus fermes espérances de la littérature actuelle ; il est connu par de très-bons écrits tant en vers qu'en prose, et singulièrement par un éloge du grand Corneille, qui a été couronné à l'unanimité par l'Institut, en 1808, et dont la seconde édition vient de paroître. « On

lon (1), Michaud, Millevoye, Mollevaut, Parceval de Grand-Maison, Risteau (veuve Cottin), Rivarol, etc.

Comme cette partie des Œuvres de M. Palissot est intitulée : *Mémoires pour servir à l'histoire de notre Littérature, depuis François Ier jusqu'à nos jours*, on a prétendu que ces *Mémoires* étoient incomplets, parce que M. Palissot n'y avoit point parlé de tous les écrivains français qui avoient paru durant ce période. L'objection n'est que spécieuse. En premier lieu, aucun auteur essentiel n'y est omis. Ensuite, la vie entière d'un seul littérateur, fût-elle double de la durée commune, ne suffiroit pas à un travail aussi immense; car enfin, avant de juger la masse énorme de tous ces écrivains, il faudroit les lire, à moins qu'on ne voulût en parler au hasard ou d'après l'opinion d'autrui, ce qui seroit l'infaillible moyen de faire une compilation aussi incohérente que méprisable; or toute espèce de compilation, et sur-tout une compilation de cette nature, étoit indigne de M. Palissot.

» a beaucoup parlé de cet éloge, dit M. Palissot, l'envie » pour en atténuer le mérite, la saine critique pour en faire » sentir les beautés. Nous n'en dirons qu'un mot ; *il est digne » du sujet* ». M. Palissot reconnoît aussi que M. Fabre est doué d'*un talent supérieur pour la poésie*. Un suffrage de ce poids venge bien ce jeune auteur des diatribes et des clameurs de l'esprit de parti.

(1) L'article Massillon qui existoit dans les précédentes éditions, n'étoit pas assez développé. M. Palissot l'a remplacé par un autre que l'on peut considérer comme absolument nouveau ; il y parle de Massillon d'une maniere digne de cet illustre prélat.

D'un autre côté, il répond lui-même d'une manière très-satisfaisante à l'objection que je réfute ici. « Je crois, » dit-il, devoir répéter dans cette édition, ce que j'ai » déjà répété plus d'une fois dans les précédentes, qu'en » commençant ces *Mémoires*, je ne m'étois proposé » que de donner un simple essai, *et de parler seulement* » *des auteurs qui me sont les plus familiers*. On sait » combien il m'eût été facile de grossir ma liste, et » combien, avec peu d'idées et beaucoup de citations, » il est aisé de prodiguer les volumes. J'ai préféré d'être » court, pour ne pas ressembler à ces pauvres d'esprit » qu'on nomme *compilateurs*, et qui ne sont riches » qu'en nomenclature ».

Au reste, beaucoup d'écrivains qui n'ont point d'articles personnels dans les *Mémoires* dont il s'agit, n'y sont point oubliés pour cela. Il en est question dans des articles accordés à d'autres auteurs. C'est ainsi, et pour n'en citer qu'un exemple, qu'on lit une mention très-honorable de M. Tissot et de ses excellentes traductions en vers des *Eglogues* de Virgile et des *Baisers* de Jean Second, dans l'article qui concerne M. Mollevaut, jeune et élégant traducteur en vers des *Elégies* de Tibulle.

Le volume du *Génie de Voltaire apprécié dans tous ses ouvrages* est presqu'entièrement composé des discours généraux et des notices dont M. Palissot a enrichi son édition de Voltaire. Ces morceaux perdus en quelque sorte dans cette immense collection, forment, maintenant qu'ils sont réunis, un ensemble d'autant plus précieux, que l'auteur les a tous revus avec le plus grand soin, et que, par les additions qu'il y a faites, ils peuvent être regardés comme un nouvel ouvrage, non pour le fond des choses, mais pour le développement des idées.

Toutes les productions de Voltaire sont passées en revue dans ce volume. Chacune de ces productions, de quelque genre qu'elle soit, est l'objet d'une discussion, où les beautés sont appréciées sans aucune exagération, et les défauts remarqués avec cette modération et ces convenances dont on n'est jamais dispensé, quand on relève les erreurs du génie. En un mot, les avis de M. Palissot sur l'immortel philosophe de Ferney, seront réellement les arrêts de la postérité, et ces arrêts sont peut-être aussi dignes d'éloges pour leur brièveté que pour leur justice. Le goût sûr de l'auteur l'a garanti de l'inconvénient dans lequel est tombé un autre célèbre littérateur de nos jours, celui des analyses souvent aussi volumineuses que les écrits analysés. Au mérite d'être bien moins long que Labarpe dans la partie de son *Cours* relative aux ouvrages de Voltaire, M. Palissot joint celui d'être à beaucoup d'égards plus substantiel.

Personne ne lui contestera sans doute les connoissances et l'expérience nécessaires pour un pareil travail. Personne ne disputera le droit d'être juge du camp à celui qui est entré dans la lice tant de fois et avec tant de succès. J'espère aussi que, dans un moment où l'envie et l'ignorance acharnées contre Voltaire mort, avec plus de furie qu'elles ne le furent jamais contre Voltaire vivant, attaquent avec une opiniâtreté stupidement systématique, les plus éclatans chefs-d'œuvre de cet Hercule de la Littérature moderne, les bons esprits sentiront l'importance d'un ouvrage où la sagacité la plus rare est employée à démêler dans Voltaire l'or pur d'avec l'or faux qui s'y trouve quelquefois confondu, et où l'opinion générale est fixée sur un génie aussi universel, et par conséquent aussi digne d'attention.

Les écrits polémiques et les mélanges de M. Palissot étoient en plus grand nombre dans les précédentes éditions de ses Œuvres, que dans la nouvelle. Il a sacrifié plusieurs pièces qui, nées de circonstances maintenant oubliées, avoient nécessairement perdu de leur mérite. Celles qu'il a conservées consistent en lettres, dissertations et mémoires relatifs à ses ouvrages. On y distingue ses *petites Lettres sur de grands Philosophes*, publiées il y a plus de 50 ans, et qu'on lit encore avec le plus vif plaisir, parce qu'on y retrouve la finesse, la raison et l'accablante dialectique de Pascal. Ces écrits ne font qu'une des moindres parties de la gloire de M. Palissot; ils auroient acquis (sur-tout les *petites Lettres sur de grands Philosophes*) une réputation solide à un auteur moins illustre.

On ne se douteroit pas, si nous n'en avions la preuve sous les yeux, que le même homme qui a cueilli de si brillans lauriers dans la triple carrière du théâtre, de la satire et de la littérature, eût aussi parcouru très-heureusement une quatrième carrière très-différente, et même très-opposée, celle de l'histoire. Ainsi, l'on est forcé de reconnoître dans M. Palissot une flexibilité et une variété de talent dont, avant et depuis lui, Voltaire seul a donné, avec bien plus d'éclat encore, l'intéressant et glorieux exemple.

Lorsque je lis *l'Histoire des prémiers siècles de Rome*, mise au jour par M. Palissot, dans sa 23e année, et où il a déployé une élocution, une érudition, une critique et une philosophie qu'on ne devoit pas attendre d'un écrivain encore adolescent; lorsque je lis aussi le savant et judicieux discours qui la précède, je regrette qu'il ait cessé de s'exercer dans un genre où il auroit eu peu de rivaux ; je regrette du moins que ce bel essai qui fut accueilli avec un applaudissement unanime, ne l'ait pas engagé à continuer l'Histoire romaine, jusqu'à l'extinction de la république. Si je citois quelques passages de cet écrit, je ferois certainement partager mon opinion à ceux qui ne le connoissent point ; je les renvoie au livre même. Il est tems de mettre un terme à cette notice dont cependant la renommée de M. Palissot, l'abondance, l'importance et la supériorité de ses productions doivent justifier l'étendue.

GOBET.

DE L'IMPRIMERIE DE CRAPELET.

www.ingramcontent.com/pod-product-compliance
Ingram Content Group UK Ltd.
Pitfield, Milton Keynes, MK11 3LW, UK
UKHW020521230726
13925UKWH00005B/2211

9 782014 030433